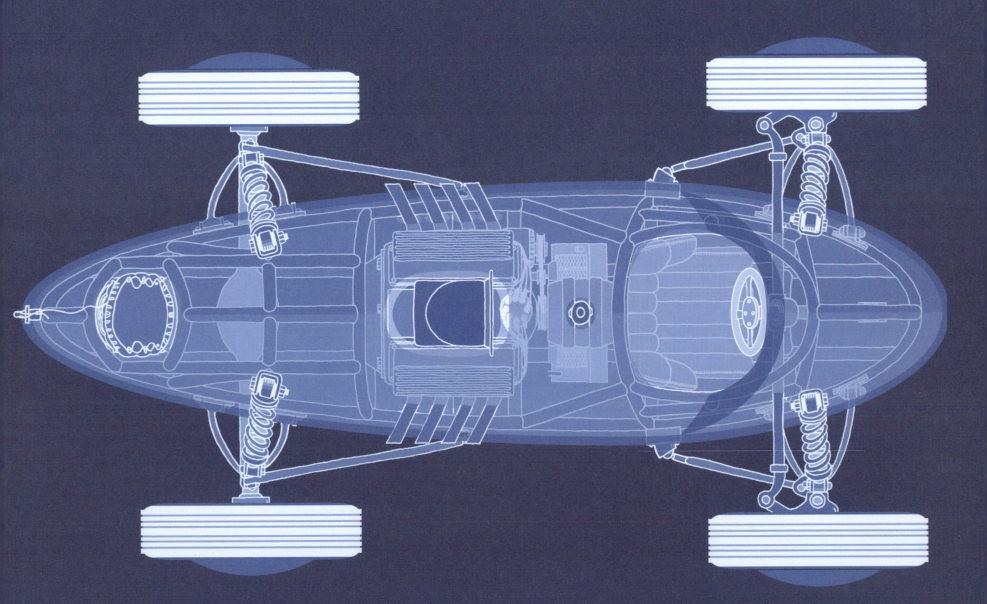

乌鸦造车记

[英]艾伦·斯诺

献给鲍比、彼得、达林、戴夫、弗兰克、休、斯蒂芬、凯茜和芬恩——他们用扳手来调节生活和工作的平衡。

图书在版编目（CIP）数据

乌鸦造车记/（英）艾伦·斯诺著绘；安吉拉译. —
北京：北京联合出版公司，2021.3（2025.3 重印）
ISBN 978-7-5596-5033-7

Ⅰ.①乌… Ⅱ.①艾… ②安… Ⅲ.①儿童故事 – 图
画故事 – 英国 – 现代 Ⅳ.① I561.85

中国版本图书馆 CIP 数据核字 (2021) 第 015363 号

SPEED BIRDS
Text and illustrations copyright © Alan Snow 2018
Speed Birds was originally published in English in 2018. This translation is published by
arrangement with Oxford University Press
Simplified Chinese translation copyright © 2021 by Beijing Tianlue Books Co., Ltd.
ALL RIGHTS RESERVED

乌鸦造车记

作　者：[英]艾伦·斯诺
译　者：安吉拉
出品人：赵红仕
选题策划：北京天略图书有限公司
责任编辑：牛炜征
特约编辑：钱凯悦
责任校对：石玲瑞
美术编辑：刘晓红

北京联合出版公司出版
（北京市西城区德外大街 83 号楼 9 层 100088）
北京联合天畅文化传播公司发行
鹤山雅图仕印刷有限公司印刷 新华书店经销
字数 8 千字 889 毫米 ×1194 毫米 1/12 4$\frac{2}{3}$ 印张
2021 年 3 月第 1 版 2025 年 3 月第 3 次印刷
ISBN 978-7-5596-5033-7
定价：59.00 元

乌鸦造车记

[英] 艾伦·斯诺◎著/绘

安吉拉◎译

北京联合出版公司
Beijing United Publishing Co.,Ltd.

山上的一片树林里，住着一群乌鸦。一年春天，一只小乌鸦出生了。他的身形比其他乌鸦都小，尾巴上有白色的羽毛，眼睛里闪烁着好奇的光。他的母亲喂养他，照顾他，跟他讲世界上各种**奇妙的事**。

　　"世界上有很多东西等你去发现，"母亲说，"如果你保持好奇心，开动脑筋，相信自己，那就没什么是你做不到的。"

　　"但你也要小心，"她又说，"这附近有猎鹰，他们对乌鸦来说可是**致命**的。他们每小时能飞389千米，比其他所有鸟儿都要快。你要是看到猎鹰，就赶紧躲开。"

　　但是有一天，当年轻的乌鸦们在找虫吃的时候，那只最小的乌鸦发现了一个稻草人。当他飞离同伴去研究这个奇怪的身影时，他没注意到头顶的高空出现了一个小点。当这个小点朝着他**疾速下降**时，他也没注意到，这个点变得**越来越大**，离他**越来越近**。直到一道影子闪过稻草人，小乌鸦才抬头看到一只猎鹰正**俯冲**而来，他的翅膀背在后面，爪子已经伸了出来。就在这时，小乌鸦**猛地**冲到了稻草人的胳膊下面。只听一声刺耳的**尖叫**，猎鹰不见了。

　　小乌鸦本应被吓得不轻，但他却为猎鹰的速度着了迷。"飞那么快，感觉一定棒极了。我愿意付出一切，成为世界上飞得最快的鸟儿！"

　　很快，秋天到了，乌鸦首领把大家叫到一起。"冬天要来了，我们乌鸦的数量太多，这片树林已经无法维持。是时候让富有冒险精神的年轻乌鸦踏入世界，去其他地方开拓生活了。"

　　一些年轻乌鸦对于离开有些紧张，但小乌鸦却迫不及待要开始自己的**探索**之旅了。

　　"记住，"母亲告诉他，"如果你保持好奇心，开动脑筋，相信自己，那就没什么是你做不到的。"

第二天早上，在一顿饱食坚果、浆果和小虫的丰盛早餐之后，年轻的乌鸦们出发了。他们一路往南飞，因为他们知道在那儿度过第一个冬天会更舒服。他们一边飞，一边七嘴八舌地讨论应该寻找一个怎样的家园。他们发现了别的树林，但小乌鸦催着他们继续往前。"继续走吧！我知道前方有**奇妙的事**等着我们去发现。"

　　日子一天天过去，地面慢慢从农田和林地，变成了遍布石砾的山川和沙漠。空气越来越暖和。

一天晚上，正当乌鸦们想要休息的时候，他们发现不远处有一棵老树。

"我们就在这儿歇脚吧。"其中一只乌鸦说，"这棵孤零零的树成不了我们的家，所以明天我们还得继续往前飞——但至少今晚我们是安全的。"

小乌鸦没说话。这棵树有些非常有趣的地方。现在太暗了看不清——不过等到白天他就可以一探究竟了。

第二天早上，小乌鸦醒来后，几乎不敢相信自己的眼睛。展现在他眼前的，是一片壮丽的盐湖，而且，树枝上卡着一辆生锈的旧车。树下面是一个有着更多旧车和机械的院子。"等会儿让他们看看。"小乌鸦心想。然后，他大叫着把所有乌鸦都叫醒了。

年轻的乌鸦们**高兴**地发现，这个院子里的每一片阴影下都有小虫和甲虫可以吃。一只乌鸦还发现了一个往桶里滴水的水龙头，他们就轮流喝水，在长途旅行后恢复精神。

吃饱喝足之后，小乌鸦**惊奇**地环顾着四周的废品和残骸。有太多可以研究的东西了。小乌鸦**激动**地跳来跳去，他发现了一间小棚屋，窗户破了，然后就**扑棱**着翅膀过去探索。

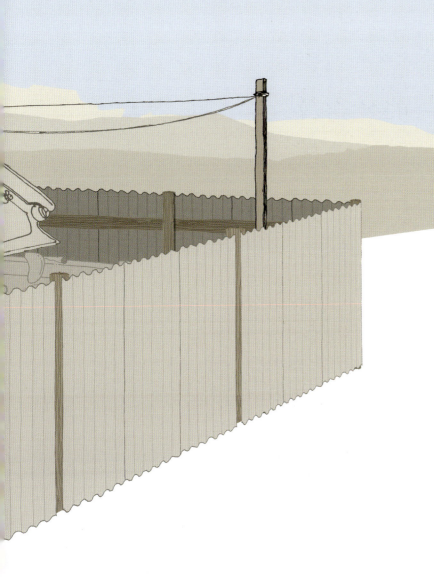

小屋里放满了小乌鸦以前做梦都没见过的各种**奇妙**事物。他把其他鸟儿叫过来，大家一个个跳进屋子里。里面摆满了工具、机器、汽车零件，还有关于某种汽车的大幅图纸，乌鸦们以前从来没见过这种车。

一只乌鸦指着绘图板上方架子上的一些奖杯和照片。"这些是速度奖杯！"小乌鸦激动地说，

"有人用这些车来变快！"

乌鸦们接着又发现一套图纸和一个满是各种图和表的笔记本。

"这些都是什么意思？"一只乌鸦问。

小乌鸦仔细地研究着这些示意图，脸上露出了微笑。"这些东西告诉了我们要造一辆这样的车所需要的一切。"他说，"如果我们照着这些指示去做，我们就能变得比梦想中还快，比以往任何乌鸦的旅行速度都**快**，甚至比猎鹰还**快**。"

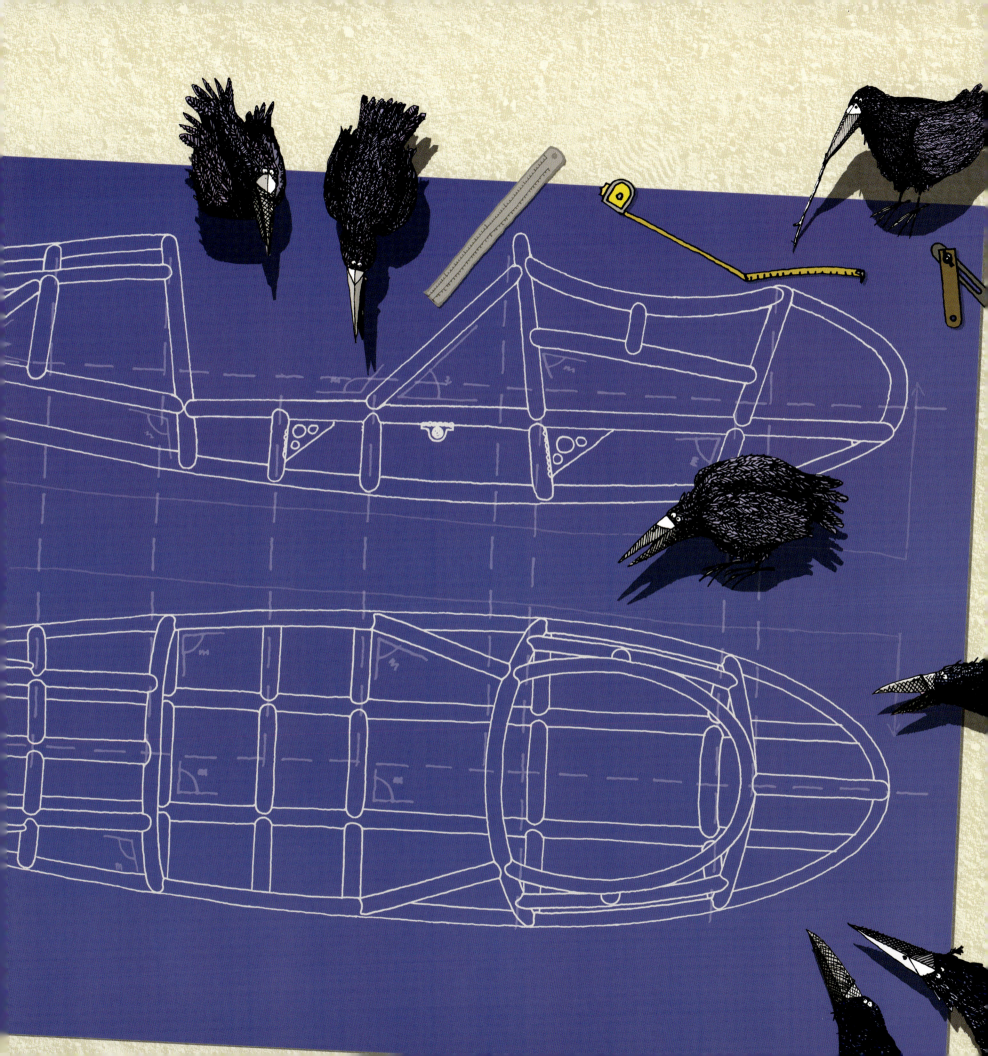

这群年轻乌鸦被小乌鸦对速度的热情感染，开始寻找笔记本上列出的所有零件。他们都不敢相信，制造一辆汽车居然需要这么多零部件。

乌鸦们翻遍了废品和成堆的生锈金属，只用了几个小时就找齐了所有零件，包括车身。他们发现车身是用飞机上的一个旧燃油箱制成的，这个油箱叫作机腹油箱。

　　"这很简单，"其中一只乌鸦说，"我们很快就能造好这辆车！"

　　正在仔细研究笔记本的小乌鸦摇了摇头："如果想让这辆车跑得**快**，我们就得做好这件事。我们需要清洁、抛光所有零件，然后给它们上油。一切都必须**完美**。"

乌鸦们很快就发现，"做好这件事"是一个漫长的过程。他们要花很长时间才能把所有零件准备好，以便组装。

　　每当有乌鸦停下来，小乌鸦就会让他们继续，在笔记本上找到下一步要做什么，督促他们工作。而且，无论什么时候，只要有谁溜到阴凉的角落里吃小虫，小乌鸦就会把他们找出来，提醒他们**速度**带来的兴奋感，以及比猎鹰**更快**将是何等**刺激**。

一天天过去了，一周周过去了，乌鸦们学会了弯曲、切割金属管，学会了用夹钳和锯子，以及用一台能产生电火花的机器加热金属，把金属零部件焊接到一起。其中一只乌鸦还被任命为健康安全官，他坚决主张焊工乌鸦必须佩戴护目镜，以防火花伤到眼睛。

当车架终于组装完成，其他所有的零件也都闪闪发亮，静待组装时，乌鸦们感受到了一种巨大的成就感。也许他们真的可以做到！

"现在，该造发动机了。"小乌鸦说，他已经花了很多时间研究笔记本中的图示和说明，"应该很简单。只要我们理解了其中的原理，我认为就不会出错。

"发动机混合空气和燃油，把油气混合物喷射到一个容器里，然后点燃。

"接着混合物**爆炸**，推动活塞向下，带动曲轴转动。

"曲轴转动时，又会把活塞向上推回原位，从而把燃烧后的气体排出发动机外，并吸入更多的空气和燃油，如此循环往复。"

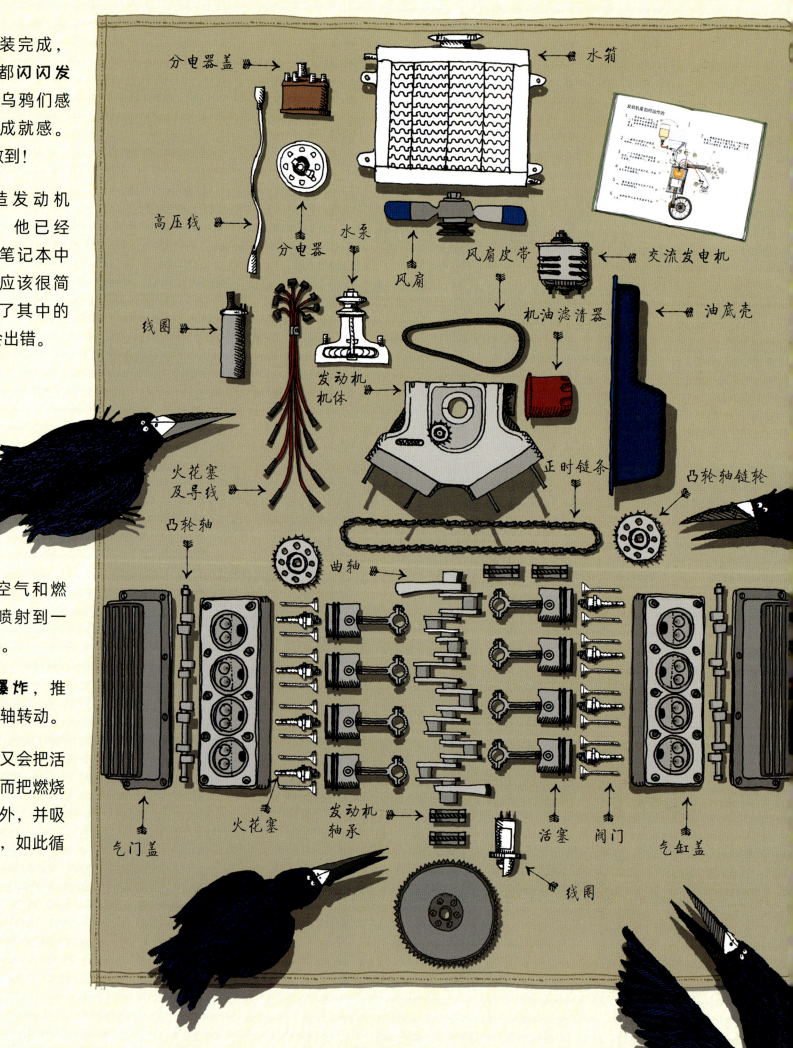

分电器盖

水箱

高压线

分电器

水泵

风扇

风扇皮带

交流发电机

机油滤清器

油底壳

线圈

发动机机体

正时链条

凸轮轴链轮

火花塞及导线

凸轮轴

曲轴

气门盖

火花塞

发动机轴承

活塞

阀门

气缸盖

线圈

说完，小乌鸦发现大家都张大了嘴，迷惑地看着他。"呃……简单？"一只乌鸦结结巴巴地说。

小乌鸦笑了。"相信我，"他说，"我们一起努力就能做到。来，我们再讲一遍。"

发动机是如何运作的

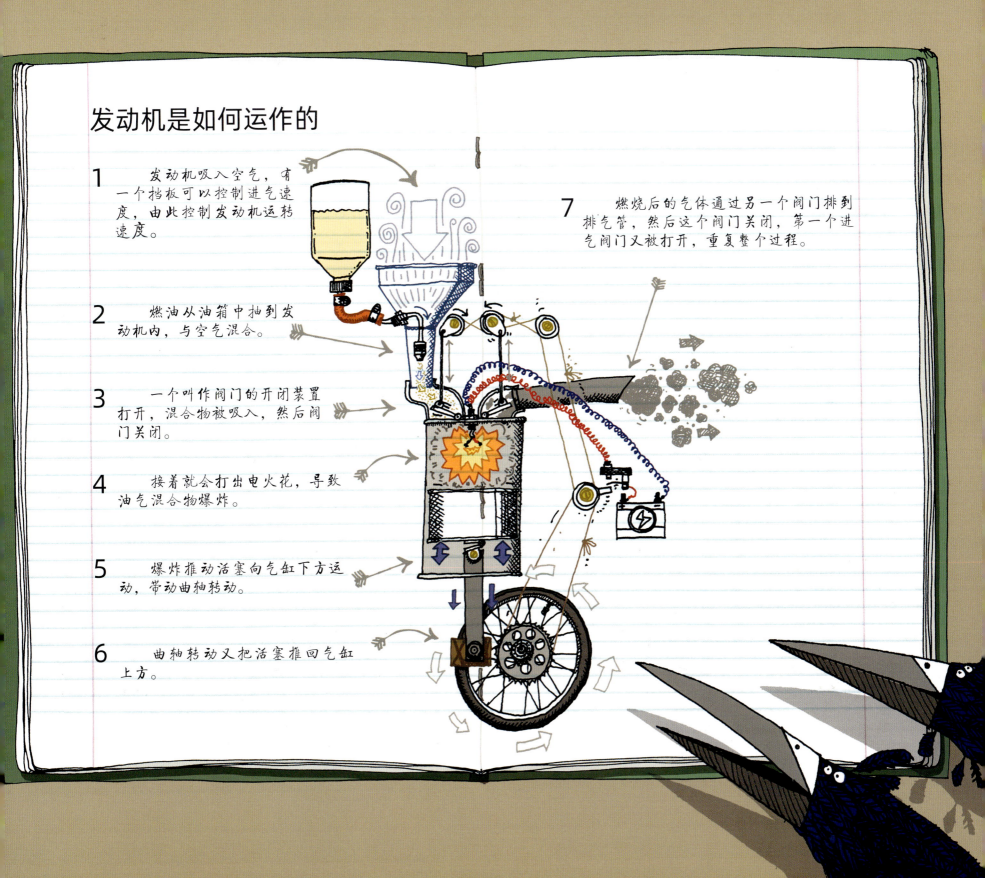

1　发动机吸入空气，有一个挡板可以控制进气速度，由此控制发动机运转速度。

2　燃油从油箱中抽到发动机内，与空气混合。

3　一个叫作阀门的开闭装置打开，混合物被吸入，然后阀门关闭。

4　接着就会打出电火花，导致油气混合物爆炸。

5　爆炸推动活塞向气缸下方运动，带动曲轴转动。

6　曲轴转动又把活塞推回气缸上方。

7　燃烧后的气体通过另一个阀门排到排气管，然后这个阀门关闭，第一个进气阀门又被打开，重复整个过程。

一旦乌鸦们理解了发动机是如何运作的，就是时候用他们准备好的零件把它组装起来了。为了获得变得更快所需要的力量，他们准备用八个活塞来装配发动机。

他们用扳手、计量器、螺丝刀和套筒扳手，把大块的发动机机体用螺栓固定在一个台子上，使机体保持稳定和水平，然后开始添加零件。这个过程就像拼图一样，他们花了很长时间，因为一切都必须按照完全正确的顺序，而且不能漏掉任何东西。

在大家组装的时候，小乌鸦一直在仔细地研究笔记本里的图纸。时不时地，他会让其他乌鸦停下来，让他们更仔细地重新放置某个零件。

"我想我们得动一下这些火花塞，因为它们周围的空间大小不对——看看计量器上的尺寸。如果我们没弄对，火花就无法**点燃**气缸里的燃油，发动机就转不起来。"

乌鸦们努力工作了很长时间。造发动机是一项精细活儿，但他们知道，想让发动机转得尽可能快，就必须做得完美。

"记住，我们要让这辆车跑得快……***比猎鹰还快***……"

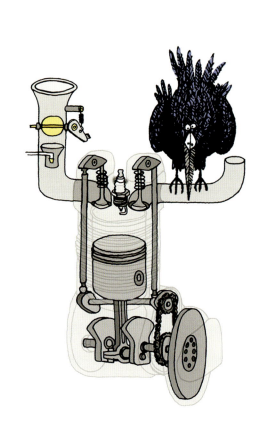

第二天一大早，小乌鸦把所有乌鸦都聚到了一起。经过几周的工作，乌鸦们都很疲惫，但他们能感觉到，小乌鸦有重要的事情要宣布。

"就是今天了！"小乌鸦激动地说，

"今天，我们将完成我们的汽车！"

乌鸦们高兴地欢呼起来。最后的成功真的就在眼前了吗？

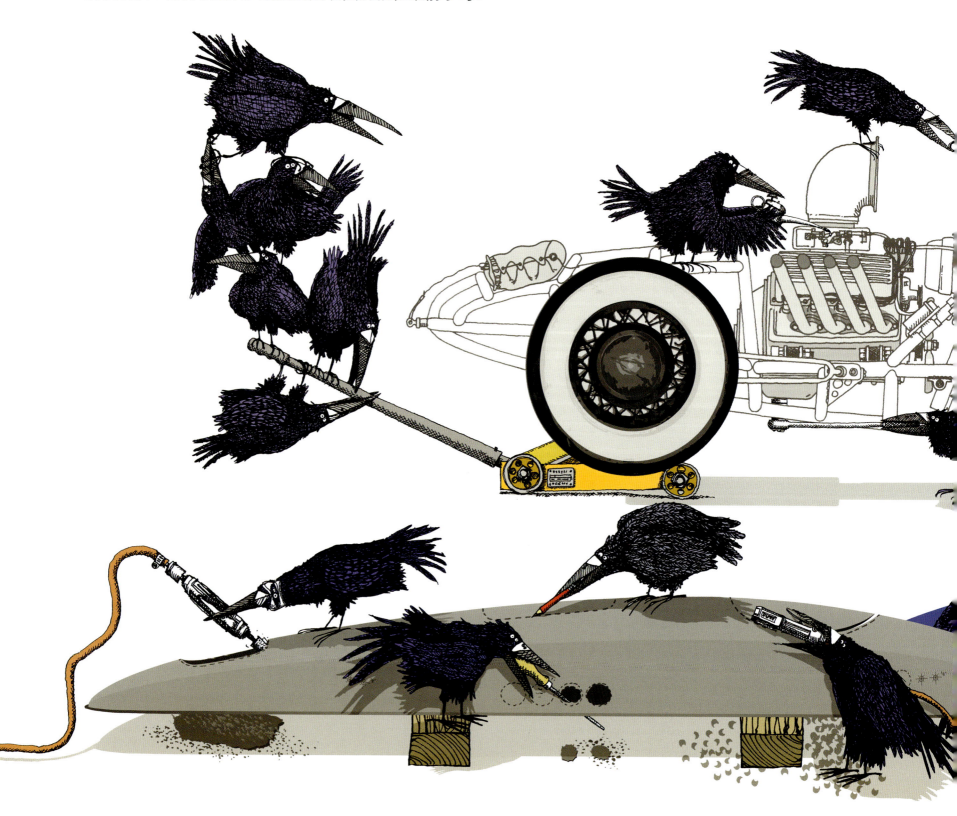

小乌鸦把大家分成两组。第一组组装汽车的工作部件，包括车轮、弹簧、刹车和方向盘。然后就该装上发动机了。

　　他们用链条和废料场里的起重机把发动机吊起来，然后把车架推到发动机下面，十分小心地把发动机降下来放进车里。接着，他们得装上其他所有零部件，包括电路、冷却发动机的风扇、水泵、水箱和管子。

　　第二组负责外部车身。他们在机腹油箱上开了一些洞，为车轮、气缸、排气管和乌鸦的驾驶座留出空间。接下来，就是给车喷漆了！

等到漆干了，座椅和方向盘装好了，机腹油箱的两半也终于固定在了车架上。乌鸦们有了一辆汽车！

乌鸦们聚在这辆车周围，充满**惊奇**地看着它。他们决定这辆车值得拥有一个名字，就叫它……**"极速乌鸦号"**。

"现在我来告诉你们如何测定我们的最高速度，"小乌鸦说，"我们得用一把长卷尺在盐湖上量出一千米的直线距离，然后记下开车走完这段路花了多少秒。如果我们用一小时的秒数，也就是3600秒，除以这辆车开一千米花费的秒数，就可以得出它每小时跑多少千米的速度。"

"够啦，"另一只乌鸦看着小乌鸦喊道，"我们能把车发动起来开始了吗？"

小乌鸦笑了。"这不是一辆普通的汽车，"他说，"大多数车都有一个靠电池供电的马达来启动发动机。这辆车我们得用另一种方式。你们准备好再干一件事儿了吗？"

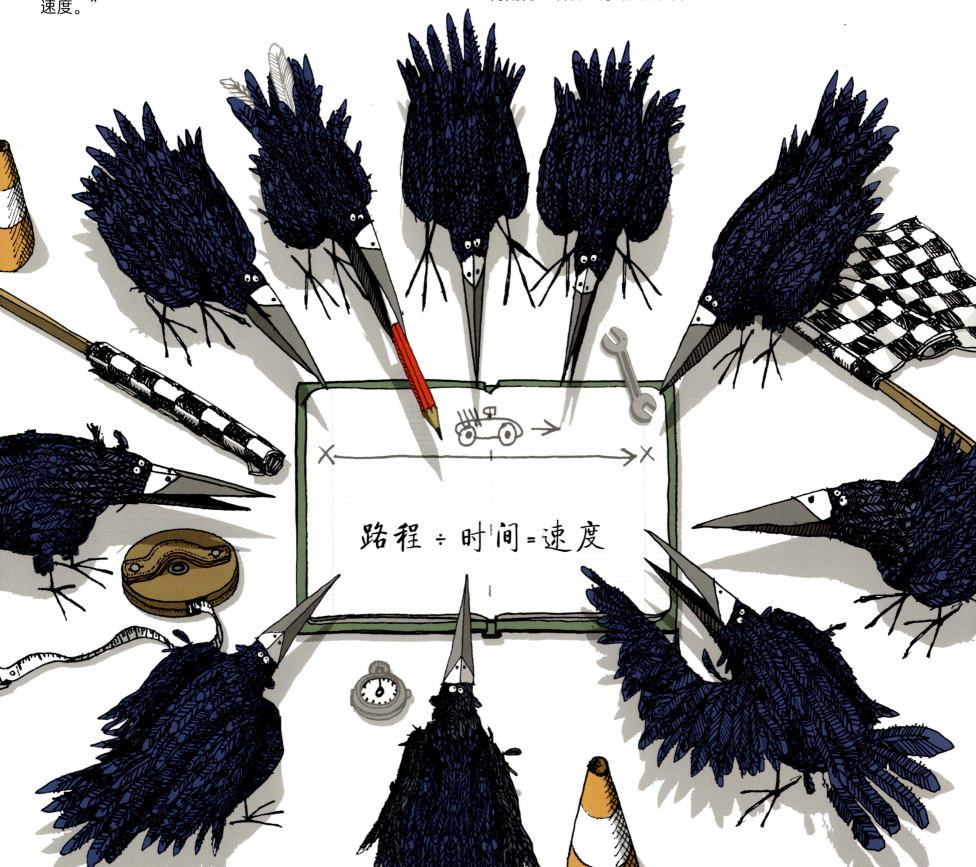

路程 ÷ 时间 = 速度

小乌鸦解释说，要驱动这辆车，他们需要通过车轮的运动来启动发动机。"我们需要拖着这辆车把它发动起来。"他说。

乌鸦们很疲惫，但又很**兴奋**。他们戴上用在院子里找到的网球做的头盔，留下小乌鸦自己在驾驶座里。然后，他们用绳子把车拖出院子，拖到了盐湖上。

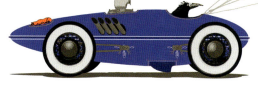

就在经过起点处的乌鸦之前，**"极速乌鸦号"**达到了它的最高速度。起点处的乌鸦**挥动**旗帜，示意一千米跑道终点处的另一只乌鸦按下秒表。

随着汽车加快速度，发动机发出一声响亮的**轰鸣**，发动了起来。乌鸦们迅速松开绳子，一个接一个地落进车里，加入小乌鸦。小乌鸦慢慢地松开节流阀，让更多燃油和空气进入发动机。汽车开始加速。

乌鸦们开着车在盐湖上来回行驶，预热发动机。终于，小乌鸦说："我想是时候看看这辆车到底能跑多快了。是时候尝试一下**速度**了！"

仿佛才几秒钟，汽车就从计时乌鸦的身边**飞驰**而过，他再次按下秒表。

小乌鸦踩下刹车踏板，并打开了车尾的降落伞让车减速。车子终于停下后，目瞪口呆的乌鸦们**扑棱**着飞出了驾驶舱。

"**哇！**"他们大声叫道，"**我不敢相信它真的可以！**"但小乌鸦什么也没说。他径直走向计时乌鸦去看秒表。他们真的做到了吗？

他静静地看了一会儿秒表，计算着速度。"9.81秒"，秒表显示。也就是说，他们的速度是367千米每小时。已经**非常，非常快**了，但还是不够快。

小乌鸦感到很沮丧。他让大家这么努力地工作——最后却一无所获。他们没有实现目标，没能像猎鹰一样快。他终究还是没做到。

"我们回去吧。"他小声说。

小乌鸦一个星期都无精打采。其他乌鸦
试着让他振作起来，但他只是待在窝里，
对什么事都提不起兴趣。"我让你们都失望
了。"他难过地说。

其他乌鸦很担心他。他们很骄傲自己造
出了一辆汽车——他们也许不是世界上速度
最快的鸟儿，但一定是最棒的机械师！他们
想让小乌鸦也开心起来。

"记得小乌鸦常对我们说，"他们告诉彼此，"保持好奇心，开动脑筋，相信自己。让我们试着想办法解决这个问题。"

一阵讨论之后，乌鸦们想到再去看看那个笔记本。不出所料，他们兴奋地发现笔记本里有一页写着："让你的车跑得**更快**的方法"。

"我们把这个拿给小乌鸦吧！"

让你的车跑得更快的方法

1. "减重"

去掉一切不必要的东西来减轻车的重量……说的是一切不必要的东西。

2. "增加动力"

更大的发动机能提供更多动力。研究其他卡车和汽车。把尽可能多的燃油和空气尽可能快地注入发动机，能给汽车带来更多动力。

3. "减少摩擦力"

汽车行驶的时候会遇到一种叫作摩擦力的力，这种力会让车速变慢。检查通过车体的气流是否顺畅。当车开得很快的时候，空气几乎就像一堵墙，汽车要与之对抗。遮住车轮，给驾驶座装上挡风玻璃，帮助气流更容易通过车身。车上所有能运动的零部件也会遇到摩擦力，所以要确保每个运动部件都上了油润滑过，帮助它们运动。

正是这些新信息让小乌鸦找回了他的激情。"三种方法我们都试试！"他说。

首先，乌鸦们想办法让汽车变得**更轻**。他们取下座椅，把发动机周围的管子都切短到刚好够用的长度。

"这次只留最轻的乌鸦开车，"一只大点儿的乌鸦说。他看着小乌鸦，"我们都相信你。请你来替我们所有乌鸦开车，好吗？"

小乌鸦看着他的朋友们，露出了微笑。"当然，我来。"

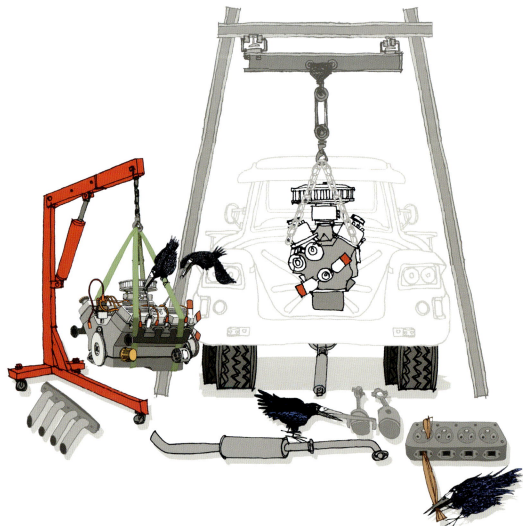

接下来，为了增加汽车的**动力**，乌鸦们从一辆卡车上取下一个更大的发动机。这个发动机跟之前的那个属于差不多的类型，也就是说，他们可以把老发动机上的零部件装到新的发动机上，新发动机也很容易就能装到车上。

"这样我们的车应该就快多了，"小乌鸦说，"但是在我们再次开车之前，我们还要想办法减少摩擦力。来看看我们能做些什么让空气可以更顺畅地通过车身。"

院子的一个角落里，有一台巨大的风扇，装在一个电动马达上。乌鸦们把车拖到风扇前，拉上刹车，打开风扇。然后小乌鸦举起一根管子，管子连着一个锡罐，罐子里有一块被火点着的破布。

一缕缕平滑的烟雾从管子里跑出来，滑过车身。他们一下子就能看到气流在哪儿被挡住了。在车轮周围，烟雾打起圈，形成一团凌乱的**旋涡**。驾驶座周围似乎也是同样的情况。

乌鸦们做了一块小小的挡风玻璃装上，还有车轮盖。但是，就在他们快要完工的时候，操作风扇的乌鸦心急地又一次打开了风扇。突如其来的**大风**把仍在组装的乌鸦们吓了一跳，还吹掉了他们不少羽毛。

"住手！"

风扇前的乌鸦们大叫着，

他们的羽毛都被吹掉了。

"你会让我们都秃掉的！"

风扇慢了下来，操作台前的乌鸦一脸内疚，向大家道歉。

"你真该抱歉！"一只乌鸦抱怨道，"你知道的，如果我们没了羽毛，就飞不了那么快了。"

小乌鸦看着院子里掉了一地的羽毛，突然有了一个绝妙的主意。

"大家把掉的羽毛收集起来，"小乌鸦喊道，"羽毛能让我们飞得更快，不是吗？也许羽毛上有什么东西，可以让气流变顺滑。"

乌鸦们开始小心翼翼地把羽毛粘到车上，从后面开始粘，这样前面的羽毛就会叠在后面的羽毛上，就像鸟身上的一样。等胶水变干变硬后，他们再次打开风扇。这一次烟雾通过车身时，就像溪水流过石头那样顺畅。"现在这可是名副其实的'**极速乌鸦号**'了，"小乌鸦说，"我想我们已经准备好再试一次了。"

乌鸦们再次给汽车注入燃料，检查了汽油、水和轮胎，然后把车拖到了盐湖上。

盐湖上，小乌鸦聚精会神地坐在"**极速乌鸦号**"里。这一次，他下定决心要实现他的目标——不仅为他自己，还为这些为了他如此努力工作的朋友。

所有乌鸦都已就位。其他乌鸦整齐划一地拍打着翅膀，拖着他穿过盐湖。汽车开始加速，当发动机轰鸣，其他乌鸦飞离时，小乌鸦的心也跟着怦怦直跳。他直直地盯着前方，所有的注意力都集中在前方的旗帜上。

风从挡风玻璃上**呼啸**而过，掠过他的头顶，他的脑海中再次浮现那只猎鹰以令人晕眩的、惊人的速度**俯冲**而来的情景。

　　"我们乌鸦保持好奇心……"他对自己说，"我们开动脑筋……其他乌鸦都相信我——现在——我要相信我自己。"

　　当汽车达到最高速度，咆哮着通过起点的时候，这只想要成为世界上飞得最快的鸟儿的小乌鸦，握紧方向盘，咬紧牙关……对自己充满信心。

随着"**极速乌鸦号**"开始在盐湖上的热气中闪烁，乌鸦们屏住了呼吸。当汽车通过起点处的圆锥路障时，乌鸦们感觉地面都开始隆隆作响了，计时乌鸦按下了秒表。

"**冲啊！**"乌鸦们都用最尖厉的声音叫道。

汽车轰鸣着从乌鸦们身边疾驰而过，带出的一阵热气让他们都站不稳了。就在汽车通过终点处圆锥路障的一瞬间，计时乌鸦按下了秒表。

乌鸦们看着汽车慢慢减速，掉头穿过盐湖朝他们驶来。发动机熄了火，小乌鸦从驾驶舱里跌出来。"那，这次我们花了多少时间？"他问。

"我们还没看，"拿着表的乌鸦回答，"我们在等你。"

乌鸦们一起凝视着秒表。"这次一千米我们花了9.21秒。"一只乌鸦说。"比上次快。但快到足以破纪录了吗？"另一只乌鸦说，"我真希望我有手指可以数数。"

当其他乌鸦还在试着计算他们有没有破纪录的时候，小乌鸦开口了："各位，你们知道这个时间意味着什么吗？"

"乌鸦正式成为
世界上最快的鸟儿啦！"

大家**欢欣鼓舞**。这群年轻的乌鸦达到了每小时**391千米**的最高时速，比猎鹰还快……就一点儿！

乌鸦们绕着盐湖大声**唱歌**（如果说乌鸦的叫声也可以算得上歌声的话）、**跳舞**，庆祝起来。

然后，随着派对开始进入尾声……

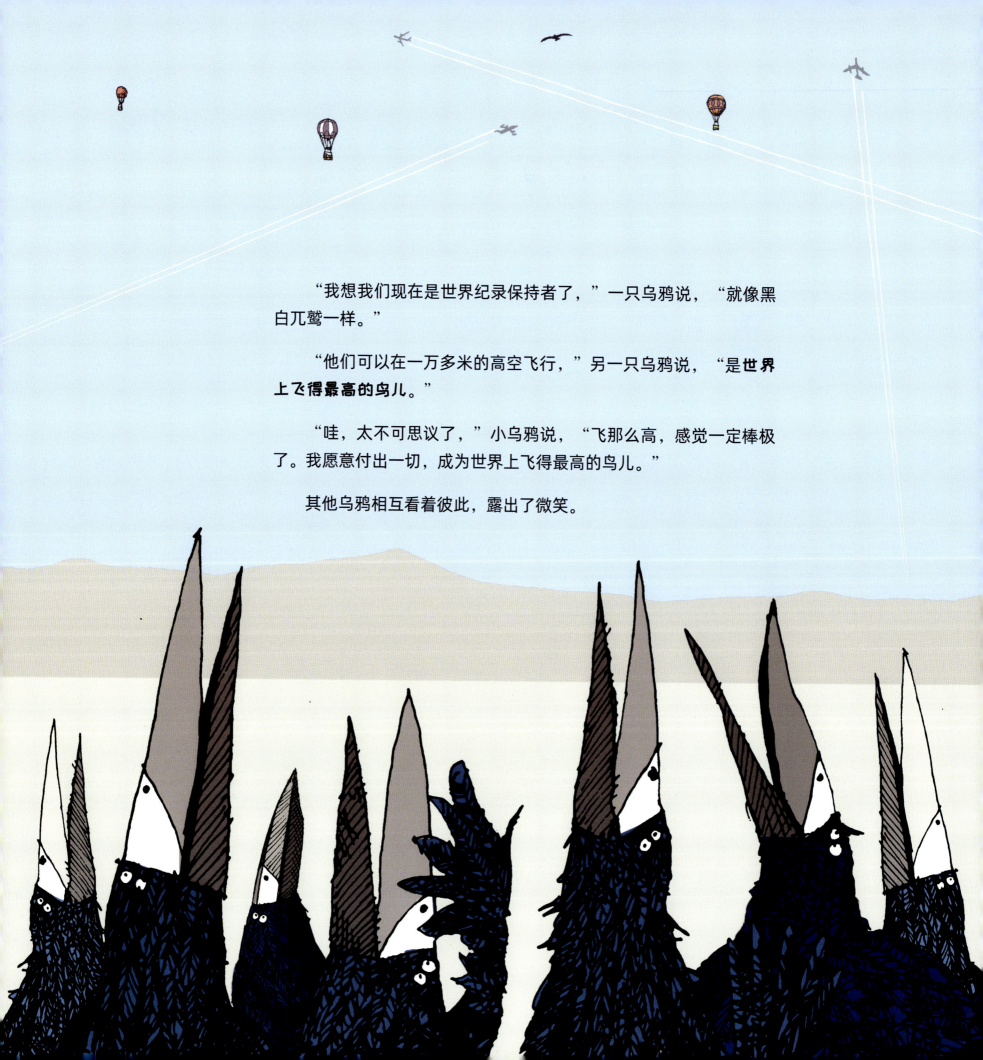

"我想我们现在是世界纪录保持者了，" 一只乌鸦说，"就像黑白兀鹫一样。"

"他们可以在一万多米的高空飞行，" 另一只乌鸦说，"是**世界上飞得最高的鸟儿。**"

"哇，太不可思议了，" 小乌鸦说，"飞那么高，感觉一定棒极了。我愿意付出一切，成为世界上飞得最高的鸟儿。"

其他乌鸦相互看着彼此，露出了微笑。

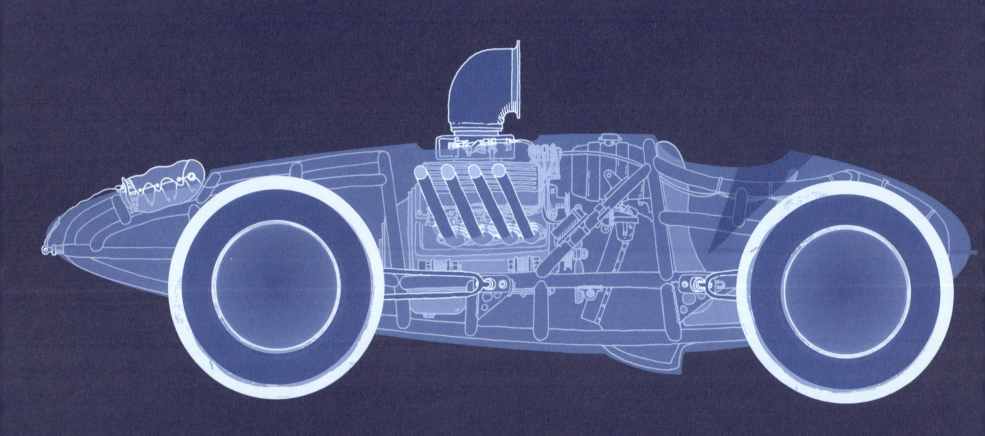